그때는 몰랐고,
이제야 알 것 같은
서른의 마음

어른은 아니고,
서른입니다

글×그림
니나킴

21세기북스

프롤로그

×

처음 이 책을 만들어보자는 제안이 왔을 때 저는 이제 막 서른에 진입하던 찰나였습니다.

'잘할 수 있을까?', '내가 좋은 책을 만들 수 있을까?'

많은 걱정이 몰아쳤지만 동시에 재미있는 작업을 할 수 있을 것이란 생각에 설레기도 했습니다.

아직 서른을 다 살아본 제가 아니기에 저 또한 서른의 마음을 모두 헤아릴 수는 없지만, 이 책이 누군가에게 조금이나마 공감이 되고 위로가 되었으면 합니다.

오래전 상상했던 서른의 제 모습은, 지금과는 많이 다릅니다. 상상 속의 저는 모든 문제를 척척 해결하는 커리어우먼이었는데, 지금의 저는 실수투성이에 모르는 것도 너무 많은 사람입니다.

20대에 그랬던 것처럼 30대가 된 저는 아직도 걱정을 사서 하는 스타일이고, 상대방의 작은 행동에도 여러 가지 의미를 부여하며, 또 상처도 잘 받는 소심한 사람입니다. B급 아재

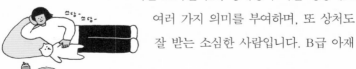

개그를 좋아하고, 꽂히는 농담이라도 들으면 숨넘어갈 듯 배를 잡고 눈물이 날 때까지 웃어버리는 사람이지만 영화를 보다 주인공이 죽기라도 하면 대성통곡을 하고, 불륜 드라마를 볼 때면 한숨이 끊이질 않는 사람이기도 합니다. 차려 먹는 밥보다 (누군가가) 차려주는 밥이 훨씬 더 좋고, 여전히 챙김을 받고 싶은 서른 여자이며 아직도 엄마 품이 그립고 칭얼대고 싶은, 어린애 같은 어른입니다.

그래도 달라진 것이 있다면 눈앞에 닥친 문제를 해결하는 능력이 향상된 것이라고 해야 할까요? 아, 술도 조금 늘었습니다. 그리고 이젠 건강을 조금 챙기기 시작하는 사람이 되었네요. (술이 늘고 건강을 챙기는 사람이 되었다니… 말이 좀 이상하지만, 사실입니다!)

서른이 되니 전보다 웃을 일이 줄어든 것 같지만, 그래도 웃을 일이 하나도 없는 건 아닙니다. 드라마 한 편 틀어놓고, 세상 가장 편한 자세로 자고 있는 강아지 모찌의 배를 쓰다듬으며 맥주 한 모금 홀짝이면 그만한 행복이 또 없거든요. 어떻게 보면 서른은 서른 나름대로 매력이 있는 것 같아요.

그래서 저는 앞으로 남은 서른도 참 기대됩니다.

여러분의 서른도 모두 기대하시라, 개봉박두!

목차

×

프롤로그

PART 1

서른의 일

제 혈관에는 카페인이 흘러넘치는데요

그땐 그랬지 • 13

피할 수 있다면, 지구 끝까지 피하자 • 17

가끔 뾰족한 사람 • 25

종이 한 장의 간절함 • 33

이 또한 지나가겠지… 만요… • 43

고단한 서른 • 51

안녕히 계세요, 여러분 • 63

PART 2

서른의 일상

앞자리가 바뀌어도 달라지는 건 없어요

혼맥 조하 • 73

기가 막힌 하루들 • 77

씁쓸한 세상 • 89

Happy New 30s! • 91

가슴이 철렁! • 101

이런 게 행복이지 • 103

어쩌면 계속 지키지 못할 약속 • 107

짜릿해! 최고야! • 115

시작이 좋다 • 121

오늘의 밑줄 • 123

PART 3

서른의 사랑

이제는 익숙해질 법도 한데

사랑, 그것은… • 127

알다가도 모를 우리 사이 • 135

나 너무 찌질한가? • 147

싹둑! 잘라버리자(나의 찌질) • 153

이번엔 맞을까? • 155

안 궁금해(아니 궁금해) • 159

이제는 잘 안다고 생각했는데 • 163

괜찮아, 그래도 • 171

오늘부터 나를 사랑하는 연습 • 175

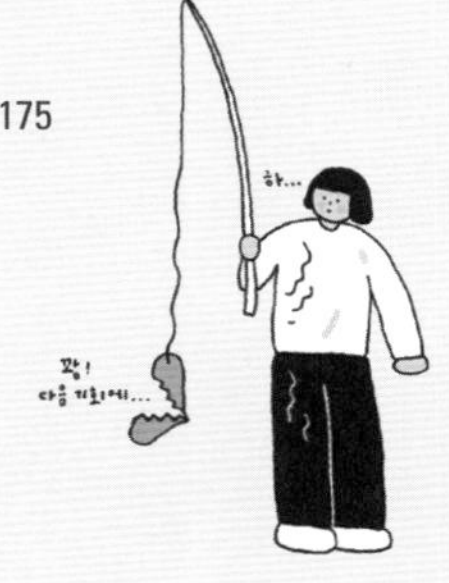

PART 4

서른의 관계

아직도 적응 중입니다만

'ㅋ'이 가득한 시간 • 183

에라이, 모르겠다 • 189

들숨, 날숨이 모두 한숨 • 193

왜 싸웠었지? • 197

세상에서 제일 귀여운 가족 • 203

몇 줄의 소식 • 209

진짜 어른이구나 • 211

가족이란 • 215

매일 고맙고 미안한 사람 • 217

PART 1

서른의 일

제 혈관에는 카페인이 흘러넘치는데요

“사장님이 되고 싶었던 수지는
사장님이 부르면 달려가야 하는 회사원이 되었다.”

_ 드라마 <이번 생은 처음이라> 중에서

저희 회사에 지원하게 된 동기가 무엇인가요?
오늘 면접에서 떨어진다면 어떻게 하겠습니까?
스펙이 굉장히 좋은데 왜 이 일을 하려고 하나요?
면접번호 128번입니다!
다른 지원자들과 차별성이 있다고 생각하나요?

그땐 그랬지

내일은

최종 면접 보는 날.

1234

호랑이 팀장님과 단둘이 외근을 나갔어.

라디오도, 음악도 안 틀어서 차 안이 너무 조용해.

배에서 꼬르륵 소리가 날 것 같은데…

살려줘!

일하는 중...

피할 수 있다면,
지구 끝까지 피하자

혹시 지금 꽉 막힌 머리로

아등바등 풀리지 않는 일을 붙잡고 계시진 않으신가요?

홀가분하게 '오늘은 여기까지!' 하고

잠시 멈추는 것도 방법이더라고요.

내일의 나를 믿고 오늘은 그만! 쉽시다!

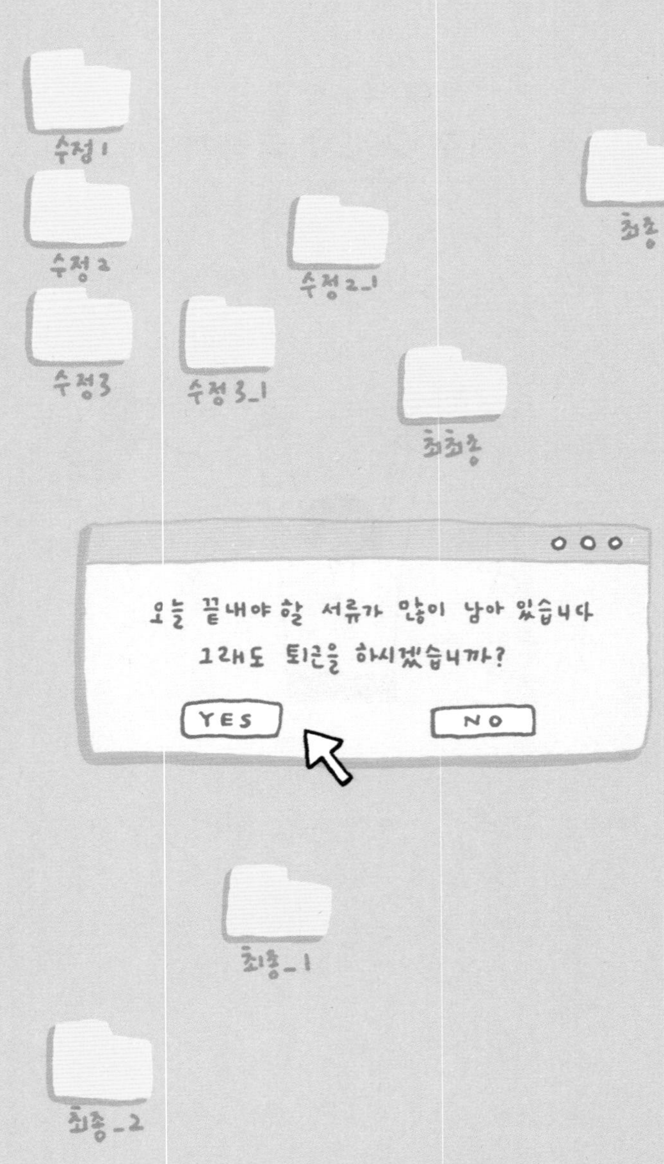
수정1
수정2
수정2_1
최종
수정3
수정3_1
최최종
오늘 끝내야 할 서류가 많이 남아 있습니다
그래도 퇴근을 하시겠습니까?
YES
NO
최종_1
최종_2

아~ 몰라 몰라!

찝찝하지만 그냥 퇴근!

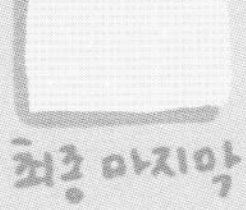

오늘은 내가 쏠게 회식 어때?
요앞에 고깃집 생겼던데!
사장님
저는 오늘 제사…
저는 집 앞 택배가…
어… 음…

아… 정말 피하고 싶다.
너무너무 피하고 싶다.
웬만하면 피하고 싶다!

어쩐지 오늘 느낌이 쎄~ 하더라.
어떤 구실을 만들어야 티 안 나고 자연스러울까?
사장님과의 회식 Time.

(자… 잠깐만 타, 타, 타임!)

go back!
☆ 과음을 ☆
하지말자!

'내가 진짜 앞으로 또 술을 마시면…!'

어젯밤 죽도록 마신 내가 원망스러워.
나는 이제 30대라는 걸 까먹었나 봐.
하루 달리면 이틀은 쉬어야 하는 30대라는 걸…

김대리~
그 소식 들었어???
박차장이 저번주에
소개팅을 했는데... 상대남이
블라 블라
어쩌고 저쩌고
웃기지? 완전 웃기지?
아 진짜요???
그렇구나...

가끔 뾰족한 사람

뒷담화가 일상인 회사 선배의 말을 계속 듣고 있으면
기분이 너무 안 좋아.
그렇지만 가끔 그날의 분위기 때문에
선배의 험담에 동조할 때가 있어.

그렇게까지 맞장구칠 필요는 없었는데…

"너 어제 왜 연락 안 했어?"

"김 대리! 회의실 불 끄고 나가라고 했지!"

"어머, 5분이나 늦으면 어떡하라고!"

불쑥 튀어나오는 심술궂은 말들은
가볍게 지나갈 문제들을 더 악화시키고는 해.
평소 같으면 웃으며 넘길 일들이었을 텐데 말이야.

참고 이해하면
괜찮을 줄
알았는데…
???
참는 게
다는 아닌가 봐
끄덕
끄덕
지금까지 참아왔던
시간들이 억울해…
쓰담
쓰담

팀장님 앞에서 참고,

회사 선배 앞에서 참고,

친구들 앞에서 참고…

가끔은 우리 집 강아지한테도 무시를 당해.

이제 참지 않고 말할 거야!

"왜 나한테 상처 줘?

나 기분 좀 나쁜데?!"

팀장님!
자꾸 이랬다 저랬다
개 훈련 시키시는 거예요???
확실히 오더를 주셔야
수정이 안 생기죠!!
계속 이런 식으로 언제
까지 불필요한 과
을 만드실 거예요
제가 더 이
못 참겠습니다
다
다
다
다
다
미안...
이것은
꿈!
z z z

마음속에 있던 말을 모조리 꺼냈어.
아~ 속 시원하다~!

이게 꿈이라는 사실만 빼면 말이야…

탁
탁
탁
탁
탁
탁
탁

띠링!

종이 한 장의 간절함

2주 동안 기다린

해외 직구 운동화가 도착했다!

찌릿-
찌릿-
ARE YOU OKAY?

디스크가 재발했어.

퇴근 후엔 병원에 다녀와야지.

아프다고 하소연할 사람 한 명 없다고 생각하니

마음도 좀 쓰리네.

내일부턴 몸 건강, 마음 건강 모두 챙기는

건강한 사람이 되어야지!

(잠깐… 실비 적용이 어디까지 됐더라?)

HA-
HA-
HA-
HA-
HA-
+ 월급이
들어왔습니다.
- 관리비
- 월세
- 치과치료
- 생활비
- 카드값
- 핸드폰요금
- 암보험

월급이 스쳐 지나갑니다!

밑 빠진 독에 월급 붓는
웃음밖에 안 나오는 이 상황.
하하하 웃으며 넘길 수밖에!

분수에
맞게
삽시다

물가는 점점 오르는데 내 월급은 왜 그대로일까?
사도 사도 사야 할 것들이 끊임없이 생겨나는 이유는 뭘까?
거리엔 빽빽한 아파트와 수많은 차들로 넘쳐나는데
왜 내 것은 없을까?

웃기고 슬픈 우리의 현실.

(혹시 나만 그래?)

그저 또 하하하 웃으며 로또 사러 가는 수밖에~

월
화
수
목
금
토
LOTTO
2XXX 회
발행일 21/XX/XX (월)
추첨일 21/XX/XX (토)
A 자동 01 12 37 69 55 13
B 자동 21 02 67 19 52 25
C 자동 49 33 03 17 37 60
D 자동 35 65 40 41 07 22
E 자동 57 14 57 61 49 08
₩5,000

간절하게 비나이다…

제발 꽝만 면하게 해주세요.

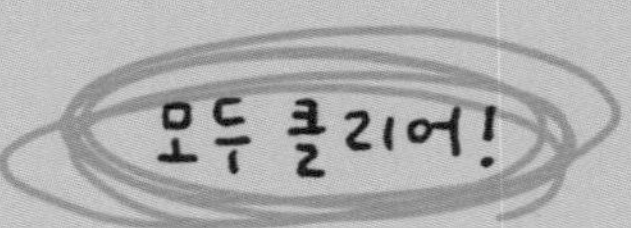
모두 클리어!

아침 공복
자전거 30분
스케줄 정리
클라이언트 미팅
그림 그리기
수정 메일 보내기
치킨에 맥주 마시기

이 또한 지나가겠지… 만요…

그래도 오늘은
해야 할 일을 모두 끝냈다!
(항상 한두 개씩 못 끝냈었는데…)
이제 치킨에 맥주를 마시는 일만 마치면 말이야~

오늘의 나
아~주 칭찬해!

야근 끝! 퇴근!

RRRRR

네! 팀장님!
저 이제 퇴근...
탁!

퇴근 준비 중에 오는 팀장님의 전화.

이걸 받아… 말아…?

(여러분은 고민 말고 받지 마세요~ 제~발~)

어두컴컴 -
칼퇴 go!
야근 NO
라면

동료의 갑작스러운 결근으로

일이 산더미처럼 쌓였어.

덕분에 나 혼자 야근을 하는 중이야.

그런데 동료의 SNS를 보니 한가하게 영화를 보고 있네?

화가 난다…

화가 난다! 화가 나!

TAXI
1234
끼이익!
Sorry
Sorry

TAXI
욕이 거치시네...
야!!! 삐리리리–
C@※#?!
아오 멍멍
삐삑

오늘은 조금 지친 하루였어.
퇴근길은 좀 편히 가고 싶어서 택시를 탔는데
성격이 욱하는 기사님을 만났어.
이럴 땐 그냥 문을 퍽! 차고 내리고 싶어져.

기사님! 여기 손님 있거든요~?
혼자 계신 거 아니거든요!

고단한 서른

2년간 꾸준히 도전했던 회사에 드디어 입사했어.
그런데 막상 일을 시작하니 나와는 별로 맞지 않는 것 같아.
그렇다고 또 새로운 일을 찾자니 너무 늦은 것 같고…
그간 공들였던 시간들이 너무 아까워.
어떡해야 할까?

고민되고 너무 괴로워…

RRRRR

하루 종일 업무에 시달려서 예민했던 날이었어.
나도 모르게 동료에게 괜한 시비를 걸어
트집을 잡고 화를 냈는데,
자리로 돌아와 화장을 고치려고 거울을 보니
내 얼굴에 심술이 가득 묻어 있더라.

문득 때묻지 않고 순수했던
코찔찔이 나의 소녀 시절이
그리워지네…

집 → 회사 → 집 → 회사 무한반복.

짠하다, 내 인생…

째깍
째깍
째깍

내일 아침 일찍 회의인데 잠이 오질 않아…

벌써 새벽 3시인데…

추
욱—
NO PASS

한 달 동안 준비한 프로젝트가 무산됐어.

진짜 열심히 준비했는데···

내가 노력한 시간과 열정은
어디로 증발해버린 걸까?
허탈하다, 진짜···

다 귀찮아
먹는 것도 귀찮고,
노는 것도 싫고
회사는 당연 싫고
아무것도 안 하고 싶은데
또 그러면 불안해...
나 번아웃인가?

인생 노잼 시기가 찾아왔다.

식욕 상실, 의욕 상실, 멘탈도 상실.

상실의 시대에 나를 채워줄 수 있는 건…
홍삼, 비타민, 그리고 각종 영양제뿐인 듯?

(챙겨 먹읍시다! 꺼내 먹읍시다!)

*번아웃 증후군 [Burnout syndrom]

: 일에 몰두하던 사람이 극도의 피로감으로 인해 무기력해지는 현상

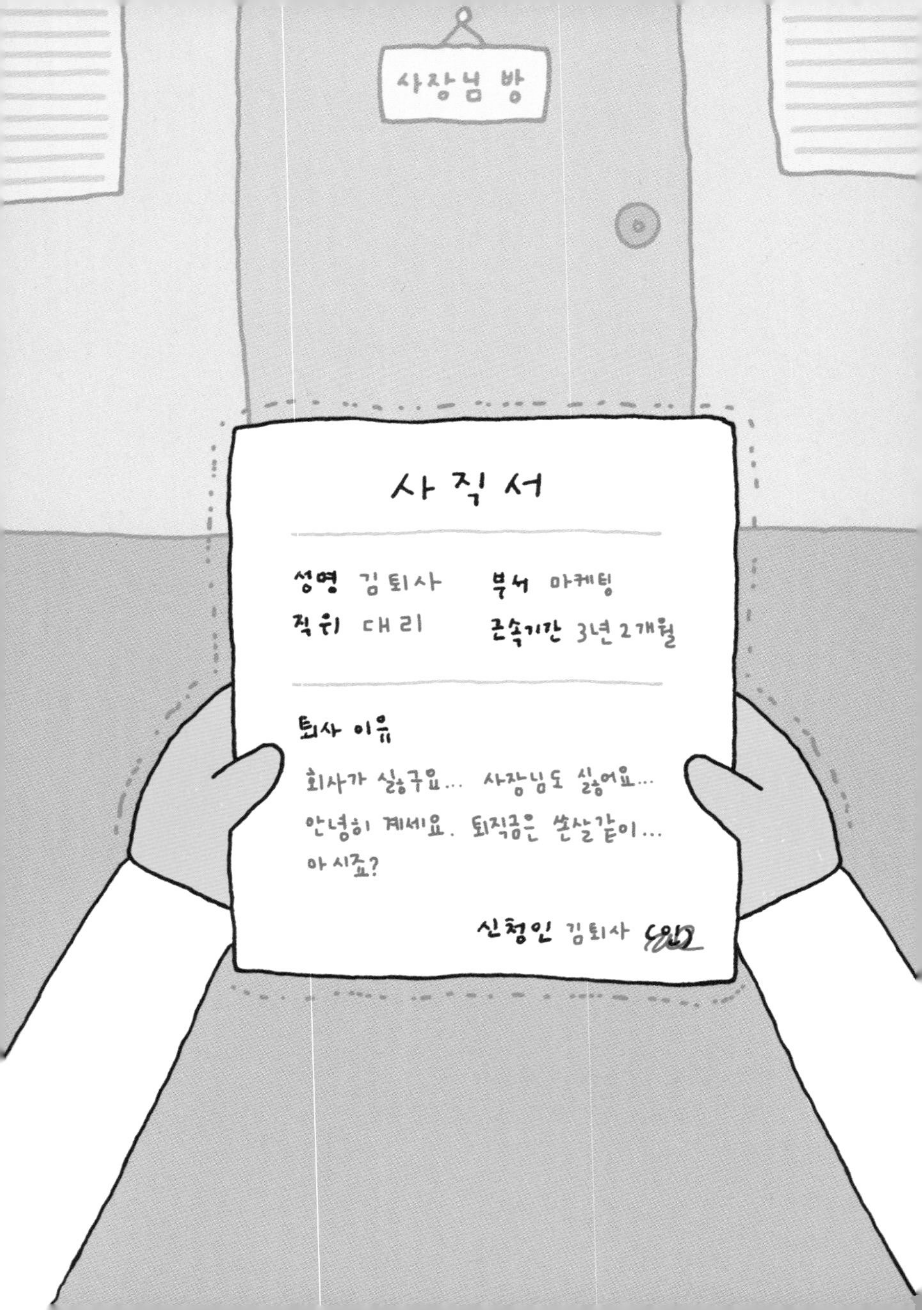
사장님 방
사직서
성명 김퇴사
부서 마케팅
직위 대리
근속기간 3년 2개월
퇴사 이유
회사가 싫구요... 사장님도 싫어요...
안녕히 계세요. 퇴직금은 쏜살같이...
아시죠?
신청인 김퇴사

안녕히 계세요, 여러분

3년간 다닌 회사를 그만두기로 결정했어.
이제 사직서만 제출하면 되는데…
후… 떨려 죽겠네.
그래도 당당하게 제출하고 나와야지!

안녕히 계세요, 여러분!

저는 이 세상의 모든 굴레와 속박을 벗어던지고
제 행복을 찾아 떠납니다!

회사
나의 새로운 시작
화이팅!
김퇴사
짐꾸러미

그토록 나오고 싶었던 회사를 나왔다.

회사 짐을 정리하고 집으로 가는 길.

매일 다니던 이 길도 이젠 안녕이구나!

오예! 만세를 부르며 신날 줄만 알았던 이날,

어딘가 살짝 섭섭한 마음이 드는 건…

나의 지난 시간과 추억들이 남아 있어서겠지?

EUROPE
-SPAIN-

오래 다닌 회사를 그만두고 해외여행을 준비하고 있어.

제일 먼저 가고 싶은 나라는 스페인 바르셀로나!

축구 경기 티켓도 준비하고 가우디 투어도 예약했지!

앞으로 떠나기 1주일 전!

아, 설렌다!

(그나저나 퇴직금이 얼른 들어와야 할 텐데!)

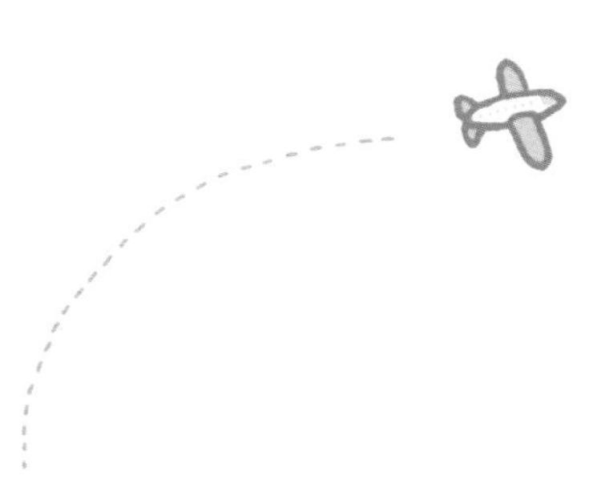

SURFING
Let's FUN
NICE!

남들 다 일하는 월요일.

나는 지금 따뜻한 나라에 와 있지롱!

콧노래가 절로 나오네~

룰루 ~

PART 2

서른의 일상

앞자리가 바뀌어도 달라지는 건 없어요

"나이, 낯설어하지 않아도 될 것 같아요.
이렇게 잘 이겨내고 있는 것만 해도
이미 충분히 어른답고, 서른다워요."

_ 드라마 <서른이지만 열일곱입니다> 중에서

2:00

혼맥 조하

토요일 오후 2시.

난 아직 이불 속에 있어.

이제 떡볶이를 배달시킬 거야.

냉장고에 맥주가 있었던가?

후식으로 디저트도 먹어야지!

유후~

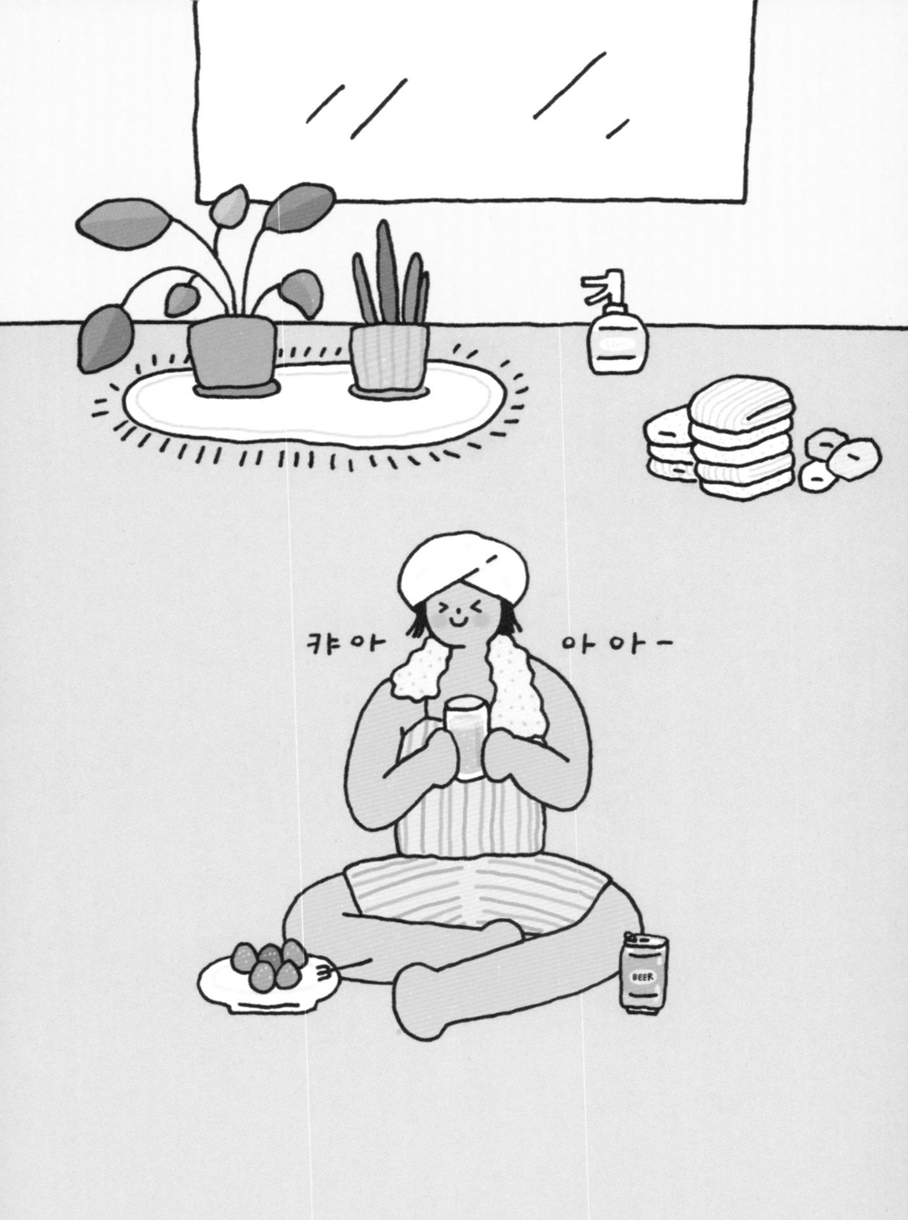
캬아 아아-
BEER

일요일 아침,

밀린 설거지를 끝내고

오랜만에 이불 빨래를 했어.

방 청소까지 마쳤는데도 오후 2시라니.

산뜻하게 샤워를 마치고 마시는 맥주 한 모금은

정말 꿀맛이지!

엇 내 핸드폰!!!!

제발
제발
제발

기가 막힌 하루들

음악 들으면서
가야지~
뒤적
뒤적
뒤적
NINA
텅~

케이스 안에 있어야 할 게 없네…?

비둘기집
오지마아...
뻥튀기
구구구구
구구구구
구구구구

거리의 비둘기들…

더 이상 나에게 다가오지 말아줘.

제발~ Please~!

007
008
7번 고객님~
8번 고객님~
대기표
...

은행에 왔어.

사람이 많을 걸 예상은 했지만

대기번호 37번이라니…

나 얼마나 기다려야 하는 거야?

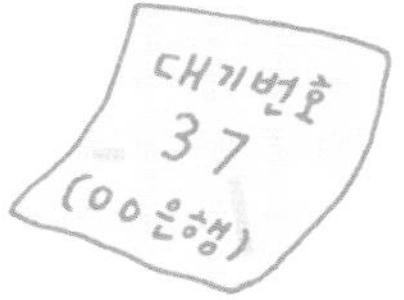

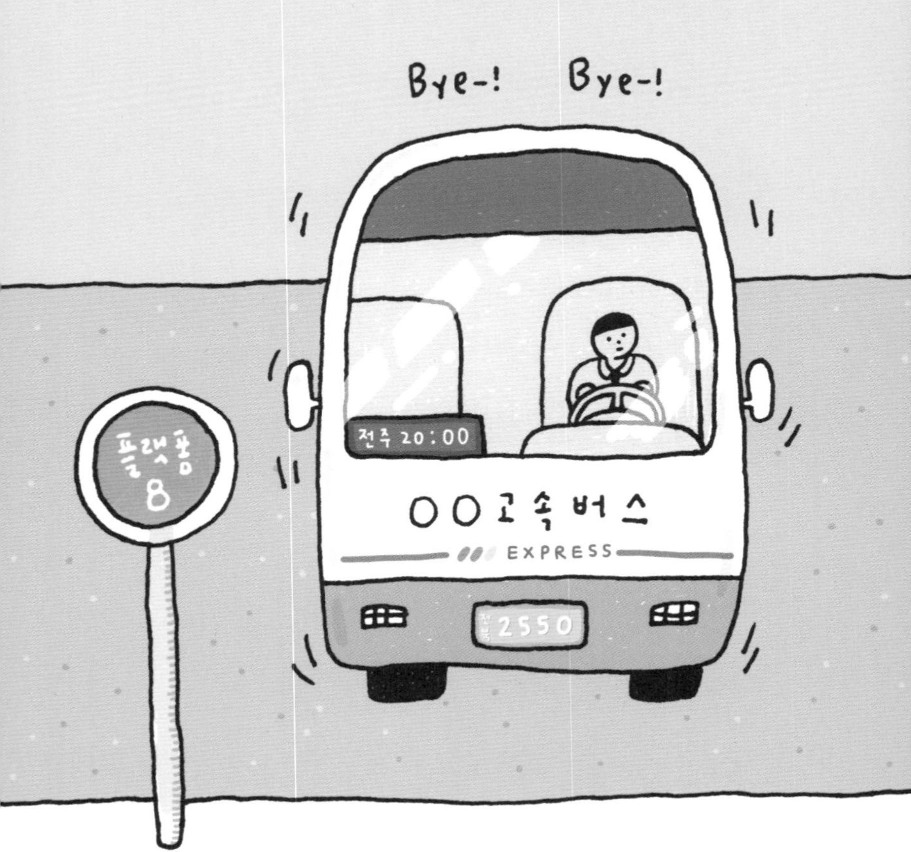
Bye-! Bye-!
플랫폼
8
전주 20:00
OO고속버스
EXPRESS
2550

오후 8시 티켓을 예매했어.

그리고 지금 오전 8시 티켓이라는 걸 알게 되었지…

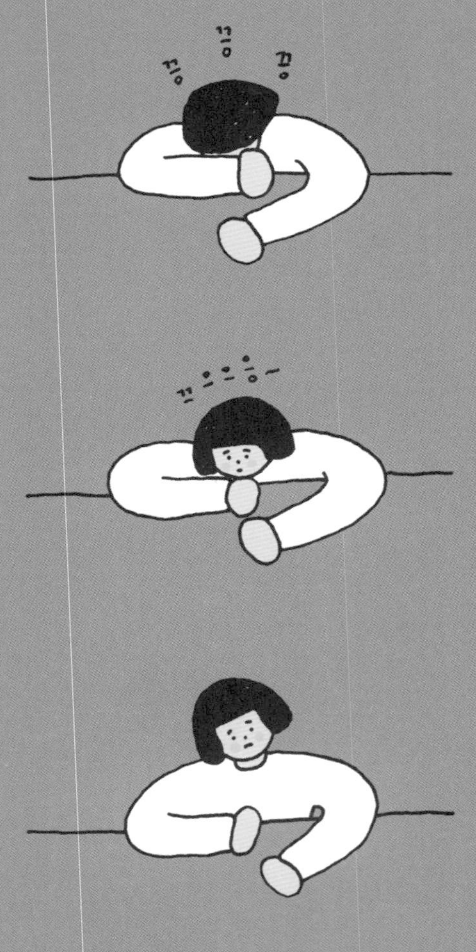
끙
끙
끙
끄으으응~

내 마음대로 되는 게 하나도 없다!

속상해 미쳐버리겠다!

ARE
YOU
OKAY?

I'M OKAY
NO PROBLEM

씁쓸한 세상

– 괜찮니?

– 응! 난 괜찮아!

우리는 스스로를
속고 속이는 세상에 살고 있는 것 같아.

괜찮지 않아도 괜찮은 하루를 살아야만 하는
씁쓸한 세상 속 말이야.

401
MERRY CHRISTMAS...

Happy New 30s!

COKE
CHICKEN
CHICKEN
CHICK
N
CHICKEN

크리스마스에 혼자 먹는 치킨.

쓰읍… 쓸쓸한 맛이군.

tick-
tock-
tick-
tock-
tick-
tick-
tock-

tick-
tock-
tick-
tock-
tick-
tock-

Tie up Time!

속절없이 가버리는 시간이 너무 야속해!
시간을 가둬둘 수만 있다면 얼마나 좋을까?

새해가 밝았습니다!

모두들 해피뉴이얼~
와아아~
시끌
벅적

오늘이 새해란 말이지…

그러니까 1월 1일이라는 거지?

너무 아파 아...

새벽부터 기침이 나고 콧물이 나더니
지금은 온몸이 불덩이야.
해열제를 먹었는데도 소용이 없어.
혼자 사니 이건 좀 안 좋네.

아… 엄마 보고 싶다.

가슴이 철렁!

운전 중 갑자기 튀어나온 고양이와 부딪힐 뻔했어.

다행히 나의 빠른 운동 신경으로

급브레이크를 밟을 수 있었지!

천만다행이다, 진짜!

(그나저나 고양이도 많이 놀랐겠다.

집엔 잘 돌아갔겠지?)

적금 만료!

이런 게 행복이지

3년 동안 차곡차곡 모은 적금을 해지하는 날!

그동안 열심히 살아온 보람이 있군!

오늘 저녁은 외식이다!

오늘은 행복할 예정입니다만!

오늘은 적금 탄 금요일.
내일은 주말이니까 오늘은 미치도록 달려볼까?
가볍게 삼겹살 4인분과 소주 두 병을 시키고,
고기가 사알~짝 익을 때쯤 비빔냉면도 시켜야지!
기름장 찍은 도톰한 고기에
새콤달콤한 비빔냉면을 돌돌 말아서
마늘 하나 올리고 소주 한 잔이랑 딱! 먹으면…

인생 뭐 별거 있나~
이런 게 행복이지!

옷마땅하다...

어쩌면 계속
지키지 못할 약속

불룩 튀어나온 뱃살.
출렁거리는 팔뚝.
분명 이 정도까지는 아니었는데
대체 어디서부터 잘못된 거지?
무언가 잘못되어도 크게 잘못되었다!

오늘부터 다이어트 시작!

말리지 마라…
나 진짜 뺄 거다.

올라와~
OOkg

체중계 위에 올라가기가
너무 무섭다….

yesterday PM 10:00

today AM 10:00

tape
tape

소파가 나인 건지~
내가 소파인 건지~

헛둘
헛둘

짜릿해! 최고야!

퇴근 후 집 앞 천변을 달렸어.
어두한 밤하늘에 빛나는 빌딩들을 바라보며 달리면
온갖 잡생각이 사라지고 몸이 가벼워져.
호흡이 빨라지고 숨이 막힐 듯한 위기는 매번 찾아오지만
꾸~욱 참고 달리다 보면 어느새 5km 달리기 성공!

나의 한계를 뛰어넘은 듯한 이 느낌!
짜릿해!

슈우우웅~
수분 마스크 팩

Oh! My Cooling Step No.6

1. 샤워를 한다.

2. 선풍기를 튼다.

(무심하게 발가락으로 툭!)

3. 냉장고에 넣어둔 팩을 꺼낸다.

4. 팩을 얼굴에 붙이고 가장 편한 자세를 취한다.

(남은 에센스는 온몸 구석구석 발라주기!)

5. 얼음 동동 띄운 '아아'를 마신다.

6. 오늘의 피곤을 시원하게 싹~ 다! 날려버린다.

방탄소년단 UN 연설 (Full)

조회수 226,0△×회 20×□.△.09

N 정말 감동... 눈물이 흐른다... 최고! 최고! 최고!

I RM 어리지만 존경해요~

A 들으면서 마음이 뭉클 T.T 최고의 아이돌! 자랑스러워!

우연히 우리나라 아이돌 그룹이
국제기구에서 연설하는 영상을 보았어.
완전 대단해! 멋있어! 반했어!
같은 한국 사람이라는 게 정말 자랑스러워.

진짜 짱멋탱!

YES!!!
YES!!!
YES!!!
싸아아아아

시작이 좋다

오늘 아침
드디어 쾌변에 성공했어!

오! 하느님, 감사합니다!

오늘의 밑줄

책을 읽다가 마음에 드는 구절을 발견했어.
보기 좋게 밑줄을 긋고 노트에도 적어놓았어.
두고두고 꺼내 봐야지~!

PART 3

서른의 사랑

이제는 익숙해질 법도 한데

"난 머리통이 단단해, 팔꿈치도 단단해, 무릎도 단단해. 근데 마음은 안 단단해."

_ 드라마 〈멜로가 체질〉 중에서

찌릿!

파바박!

퓨우웅~♡

사랑, 그것은…

자꾸만 보고 싶고, 궁금하고, 손잡고 싶고…
그 사람 얼굴만 보면 나도 모르게 웃음이 나와.

이것이 사랑?!

"오늘 오후부터 비 온대. 우산 챙겨!"

"내일은 일교차가 심하니까 겉옷 챙기기!"

너의 사소하고 다정한 배려의 마음, 참 예쁘다.

나도 너에게 예쁜 마음만 전해야지.

한 그릇 더!!!

내가 만든 음식을
아이처럼 맛있게 먹어주는 너의 모습을 보니
나도 모르게 웃음이 나왔어.

아, 뿌듯해라!
다음엔 뭘 만들어주지?

우리 마라톤 신청할까?
좋아!
우리 주말에
급 제주도 여행 갈까?
그것도 좋아
뽀뽀할까?
좋아!!!

너랑 하는 건 뭐든지 다 좋아!

둠칫
둠칫
뭐 하냐…?

알다가도 모를 우리 사이

걸그룹을 보며 헤벌쭉 웃고 있는

너의 얼굴을 보면서

이해가 되기도 하고…

질투가 나기도 하고…

회식 끝나고 연락할게

응 적당히 마셔~

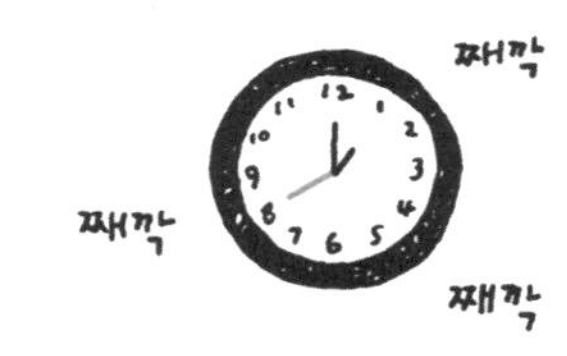

연락한다고 했잖아.

내가 기다리고 있는 거 모르냐?

진짜 미워! 미워! 미워!

화장실 갈
시간도
없었냐!!!

흥!
화 풀어
고기 먹자!

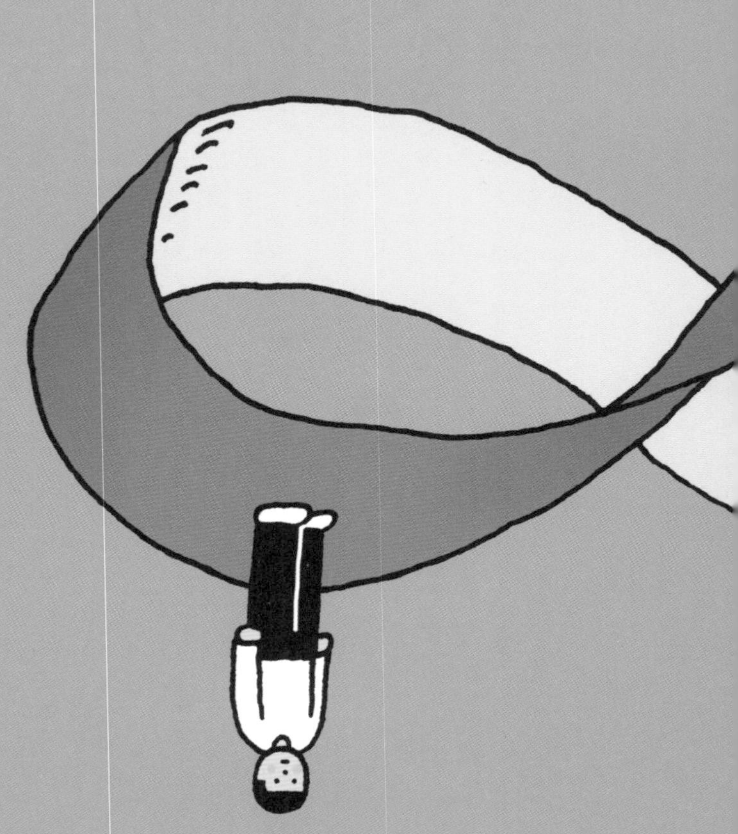

똑같은 문제가 반복되고 있어.
우린 정말 괜찮은 건가?
이대로… 괜찮은 걸까?
답답해 미치겠다.

나만 놓으면 끊어질 것 같은 우리 관계…

너무 무섭고 두려워.

우리는 여기까지인가 봐...

응...
잘 지내
나 먼저 갈게...
응...

우리가 헤어지는 이유는
누구의 잘못도 아닌 거야.
각자가 다르다는 걸 알았고,
이별을 예감했고 그래서 받아들인 거잖아.
생각보다 슬프진 않은 것 같아.
그동안 함께했던 짧지 않은 시간들이 아쉬울 뿐.

아닌가…?
나 많이 슬픈 건가…?
누군가를 만나 또 사랑할 수 있을까?

돌아와...
가지 마!
제발
엉엉엉

나 너무 찌질한가?

'나 싫다는 사람, 나도 싫다!'
이러면 그만인 일이었는데…
'나와는 인연이 아닌가 봐' 하면 됐을
간단한 문제였는데…

나를 잃어가며
매달릴 필요까진 없었는데…

울적해…

평소에 아끼는 커피도 내려 마시고

귀여운 모찌도 내 옆에 있는데

그냥 울적해.

OFF!

마음 떠난 사람 붙잡아서 뭐 하냐!

이제 그만 미련을 버리자!

정말, 진짜, 완전히 끝이야.

세상에 남자는 많다고!

사사삭
사사사삭

싹둑! 잘라버리자 (나의 찌질)

오랫동안 기른 머리를 잘랐어.
잘린 머리카락처럼 답답하게
엉켜 있던 마음도 깨끗이 잘려 나간 느낌이야.

하~ 후련하다!

(나도 이제 너 잊고 잘 살 테다!)

오는 길이 좀 막혀서...
제가 좀 늦었죠?

아니에요
저도 이제 막
도착했어요~

이번엔 맞을까?

소개팅은 해도 해도 어색하단 말이지…

(그래도 할 건 해야지!)

오오오오!
드디어
나에게도!

이번에는 성공할 줄 알았어.

느낌이 좋았거든.

그런데 또 꽝이야.

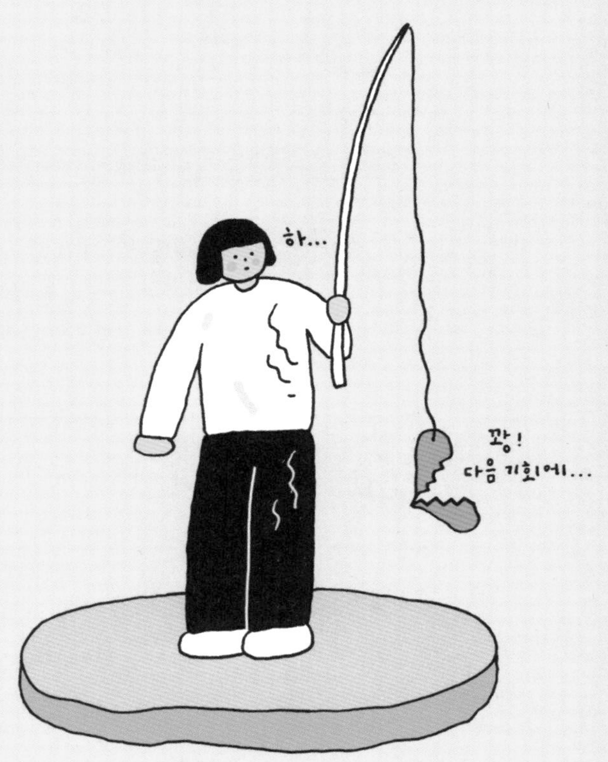

X-boy friend
59
게시물
82
팔로워
139
팔로잉
전남친
follow
비공개 계정입니다
사진과 동영상을 보려면
계정을 팔로우 하세요

안 궁금해(아니 궁금해)

비공개로 전환된 너의 SNS…

나 없이도 잘 살고 있는 거냐?

난 잘 살고 있다, 이놈아!
각자 잘 먹고 잘 살자!

엄빠찬스
고마워요
OOTD
루이베똥
행복해
silver_spoon
silver_spoon
silver_spoon
GRAM
기분전환쇼핑
샤넬
내일은_면세점
신나호텔_디저트
평일여행
호캉스

SNS를 둘러보던 중

일면식 하나 없는 누군가의 화려한 일상을 보며

'저 사람도 걱정 같은 걸 할까?' 라는

궁금증이 살짝 생겼다.

(세상엔 나보다 잘 먹고 잘 사는 사람들이 엄청 많구나.

다들 태어날 때부터 금수저를 물고 나온 사람들일까…?)

헉헉
헥헥
파이팅!

이제는 잘 안다고 생각했는데

나는 무엇을 위해
쉼 없이 달려온 거지?

나 지금 엄청
바쁜데...
아 네!!!
회의자료
정리 좀 부탁해도 될까?
급해서!
3일째
중국음식... 질려...
네! 맛있어요!
여기 진짜
맛있지?
내일도 또 올까?
이번 데이트
진짜 기대했는데
응... 괜찮아...
이번 주 약속
다음주로 미뤄도 될까?

내가 나에게
너무 미안한 날...

거절하는 게 어려워서 힘들고,
가끔은 착한 사람으로 보이고 싶어서
내가 아닌 남을 위한 선택을 할 때가 있어.

난 왜 항상
이 모양일까...?

오늘도 눈치만 보다가
정작 내가 하고 싶은 말은 하지 못했어.
항상 주눅 들고 눈치만 보는 내 모습이 너무 싫다.

나에게조차 자신 없는 내 모습이
너무 초라하고 부끄러워.

우리는 모두 불안한 존재!

할 일은 쌓였는데 일이 잘 안 풀려서 불안하고,
시험 하루 전 혹시라도 실수할까 봐 불안하고,
미래에 대한 확신이 없어서 불안하고,
매일 제자리걸음인 것만 같은 현재가 불안하고,
때로는 그냥 너무 행복해서 불안하고…

언제 어디에나 도사리고 있는 불안들.
우리는 모두 불안한 존재!

나는 왜 이 모양 이 꼴이지?
제대로 하는 게 하나도 없어.
실수만 만발에
피해만 주고 사는 것 같아...

괜찮아, 그래도

실수투성이면 뭐 어때!

사고 좀 치면 어때!

괜찮아, 괜찮아!

그런 너라도 너를 좋아해주는 사람들이

옆에 있는걸!

공허한 사람들

누구나 한 번쯤 저마다의 사정으로
휑~한 마음이 찾아오잖아요?
그럴 땐 일부러 헛헛한 마음을 채우려 애쓰지 말고
가만히 내버려두는 것도 방법이더라고요.
입으로 숨 한번 크게 들이마시고

후우우우~ 내뱉으면

조금은 나아지더라고요!

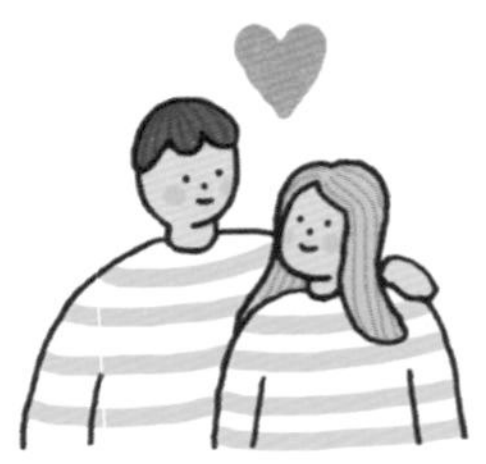

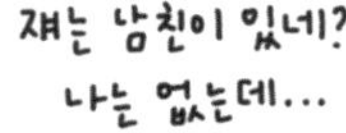

쟤는 남친이 있네?
나는 없는데...

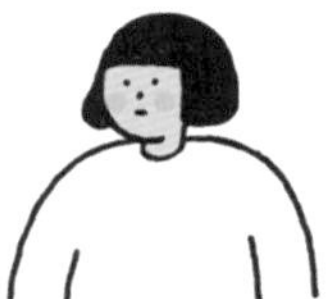

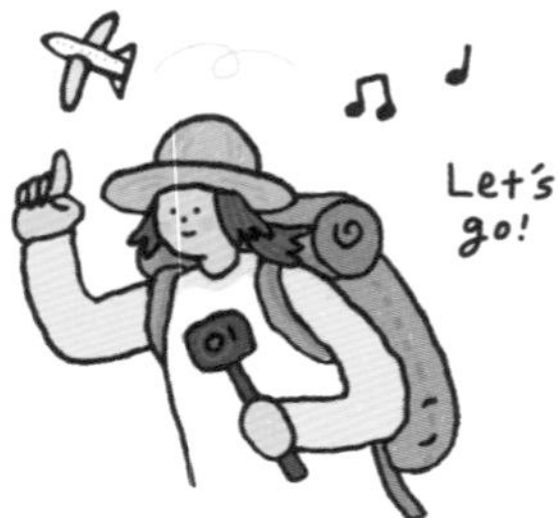

Let's
go!
이

쟤는 인생을 즐겁게 사네?
흠... 부럽다...

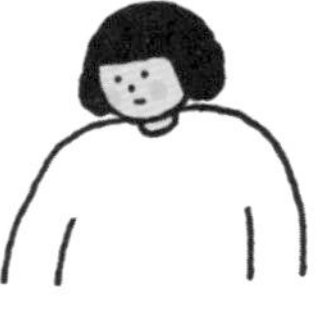

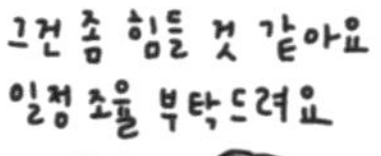

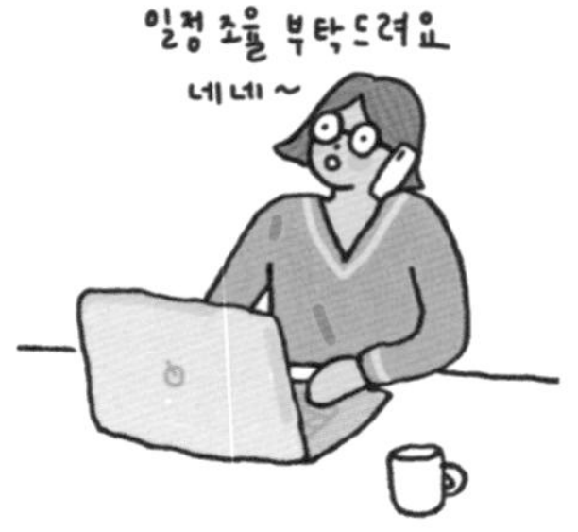

쟤는 진짜 똑부러지네
나랑 다르게...

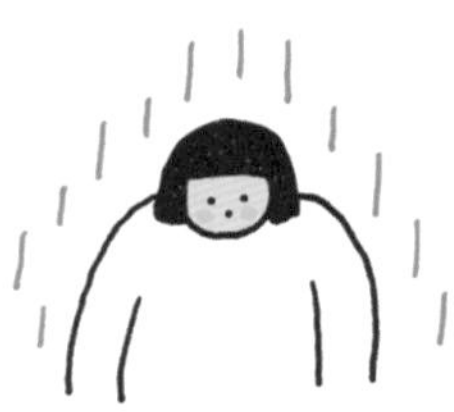

오늘부터 나를 사랑하는 연습

내가 나를 갉아먹는 이 느낌…

누굴 위한 비교인가!

이제 비교는 그만!

지금은 내가 나를 사랑해야 할 때!

Finish
야아아호~

3시간을 꼬박 걸어 산 정상에 도착했어!
힘든 고비가 두 번 정도 있었지만 이겨냈지.
산 위에서 바라본 자연의 모습이 정말 아름답다!

내가 뭔가를 해냈다는 마음에
가슴이 벅차올라!

OFF

복잡한 생각이 들 때면 명상을 하곤 해.
가부좌를 틀고 앉아 가만히 눈을 감고 있으면
뒤숭숭하던 마음이 금방 차분해지지.

오늘 나의 마음에
쉬는 시간을 줘야겠어.

PART 4

서른의 관계

아직도 적응 중입니다만

"서른이면 어른이 된다고 하잖아.

어른이 된다는 건 뭘까?"

_ 영화 <나의 서른에게> 중에서

합격!

'ㅋ'이 가득한 시간

직장을 잘 다니던 친구가
갑자기 공무원 시험을 준비한다고 했어.
그러고 몇 번을 떨어졌는데
드디어 합격했다는 소식을 들었어.

축하해, 친구야!
앞으로 꽃길만 걷자!

NINA 편의점
ㅋㅋ ㅋㅋㅋㅋㅋ ㅋㅋㅋㅋ ㅋㅋ ㅋㅋ
맞아
그땐 그랬지!
ㅋㅋ ㅋ ㅋㅋㅋㅋ ㅋㅋㅋㅋㅋㅋ
BEER
NOODLE
TUNA
BEER

퇴근 후 동네 친구를 만나 편맥을 했어.
요즘 계속되는 야근 때문에 지쳐 있었는데
친구를 만나 수다를 떠니 에너지가 충전되는 기분이야.

나를 항상 웃게 해주는 친구가 있다는 건
얼마나 멋진 일인지 몰라!

ㅋ
ㅋ
ㅋ
ㅋ
ㅋ
ㅋ
ㅋ
ㅋ
ㅋ
ㅋ
ㅋ
ㅋ
ㅋ
ㅋ
ㅋ
ㅋ

"나 어제··· 술집에서 '버너' 달라는 걸
'번호' 달라는 줄 알고 내 번호 줬잖아.
꺄르르르르르르르~"

인생이 시트콤인 내 친구 떼떼야.
너만 만나면 웃음이 끊이질 않아.
할머니 될 때까지 우리 우정 Forever!

아버지 정년퇴직 전에는 가야지???
아휴 우리딸이 알아서
잘 할 거예요~
오래 만났잖아~

에라이, 모르겠다

명절날 아침.
밥을 먹다 갑자기 모두의 관심이 나에게 쏠렸어.

와… 집에 가고 싶다…

근데 여기가 우리 집이야…

* 만반잘부
: 만나서 반가워, 잘 부탁해

** 오저치고
: 오늘 저녁 치킨 고(Go)

오랜만에 만난 사촌 동생들과 대화하려면

검색은 필수.

아는 척 사기는 옵션.

* 복세편살

: 복잡한 세상 편하게 살자

<오랜만에 만나는 학교 동기들>

얘들아 나 오빠랑
결혼하기로 했어!
오 축하해!!!
짝짝짝짝 짝!!!
휙

사실 나도...
좋은 소식 있어~
임신 8주차래!!!

오 대박!!!

휙

들숨, 날숨이 모두 한숨

혼자면 어떠냐!
인생 원래 독고다이이다!
나는 벽에 똥칠할 때까지
혼자 잘 먹고 잘 살거다!
휴~

친구들의 기쁜 소식을 진심으로 축하해줄 수 없었어.
누군가의 행복이 나에겐 밀린 숙제처럼 느껴졌거든.

*독고다이
: 스스로 결정하여 홀로 일을 처리하거나 그런 사람을 속되게 이르는 말

정체를 알 수 없는 외로움.

하루 종일 수다를 떨고,

맛있는 음식을 먹고,

커피도 마시며

'아, 오늘 하루는 참 잘 지냈다' 라는 생각이 들다가도

불현듯 몰려오는 외로움.

나만 그런 건 아니겠지?

뭐 해? 카페 갈래?

쇼핑하러 가자~

오늘 편맥 어때?

왜 싸웠었지?

나 오늘 회사 동료랑 약속있어 T.T
다음주에 가자
나 오늘은 좀 피곤한데...

넌 왜 내가
연락할 때만 해???
LOCKED
미안...

친구 사이에도 일방적인 관계가 있잖아.
내가 먼저 연락하고 먼저 다가가는…
이게 쌓이면 좀 서운한 일인데
티 내면 속 좁아 보일까 봐 조금씩 숨기다 보니까
서운함이 눈덩이처럼 커져서
나중엔 돌덩이처럼 단단해지더라고.

그래서 우리는 결국 남보다 더 못한 사이가 되어버렸지.
시간이 많이 흐르고 흘러 서로의 존재가 무뎌질 때쯤
어쩌다 한 번씩 생각나는, 내가 많이 좋아했던 그 친구.

'잠깐만… 내가 걔랑 왜 싸웠었지?
잘 살고 있으려나?'

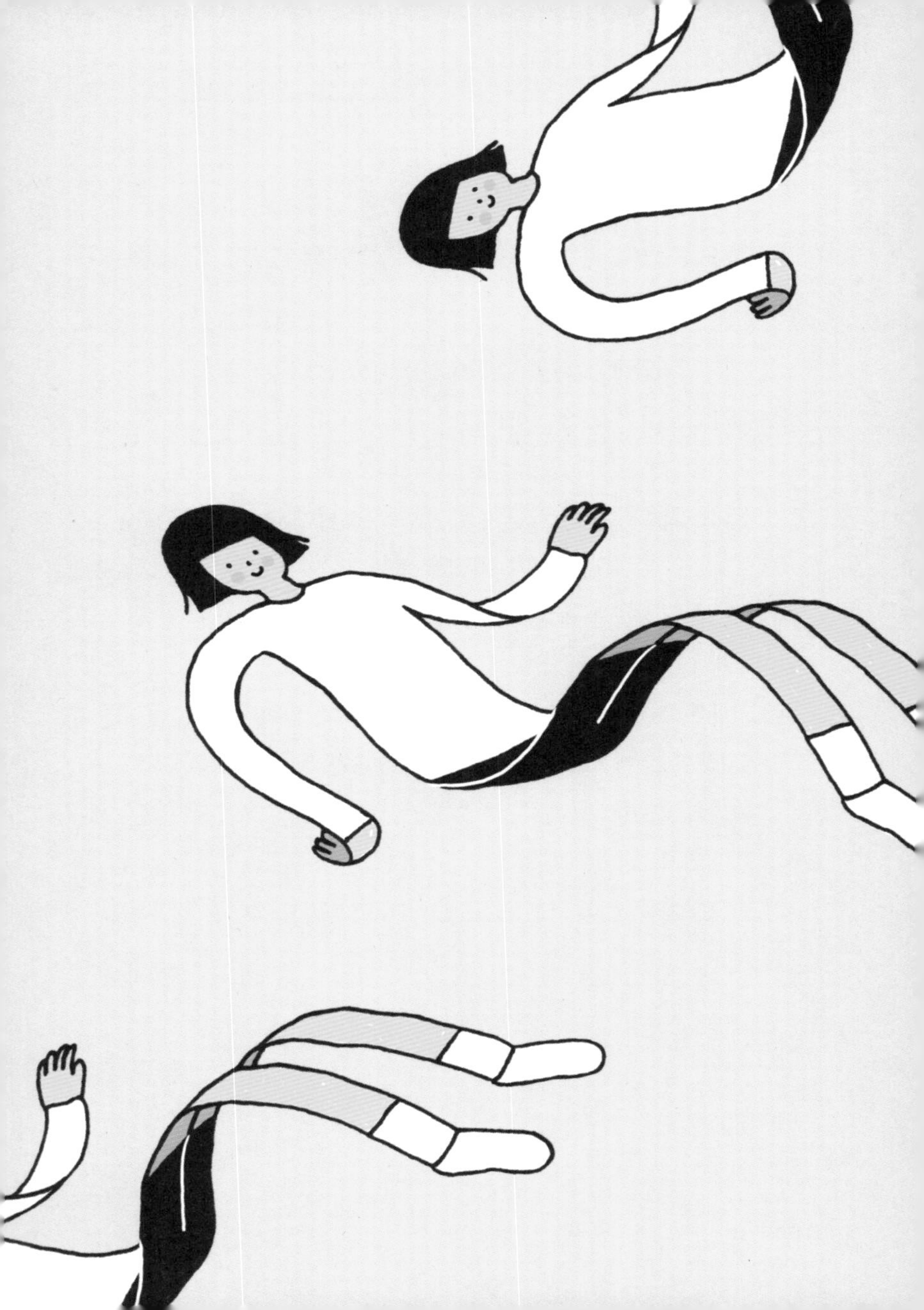

잠시 사이가 어색해진 친구에게 용기를 내 연락했어.
대화를 해보니 서로 오해할 만한 상황이 있었더라고.
먼저 화해의 손을 내밀기까지 오래 망설였는데
하고 나니 별거 아니네!

오늘은 다리 쭉 펴고 마음 편하게 잘 수 있겠다.
무거웠던 마음이 가벼워지는 기분이야!

제발
가자아 ~
NO!
NO!

안줄 거지롱
모찌!
간식!

세상에서 제일 귀여운 가족

산책 나오면 5분 걷고 10분 쉬는 모찌야.

간식 있을 때만 반응하는 모찌야.

점점 살이 쪄서 이젠 5.9kg이 됐지만 건강한 모찌야.

밤이 되면 사람보다 더 사람처럼 코를 고는 모찌야.

외출할 때면 귀신같이 눈치채고

내 뒤꽁무니만 졸졸졸 따라다니는 귀여운 모찌야!

우리 이제 집에 가서 목욕하자!

강아지를 찾습니다
여러분의 제보가 큰 힘이 됩니다!
이름 : 나무 (푸들 / 수컷 / 3살 / 회색)
- 겁이 많아 잘 짖지만, 소리가 작아요.
- 방울이 달린 빨간 목줄을 하고있어요.
- 배 오른쪽에 하트모양 붉은 점이 있어요.
※ 동물을 찾으면 직접 전단지를 수거하겠습니다 떼지 말아주세요 ※
사례금 100 만원을 드립니다

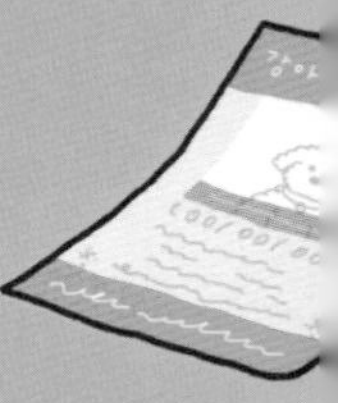

길을 걷다 강아지를 찾는 전단지를 받았어.

애타게 찾는 주인의 마음도,
길을 헤매고 있을 나무의 마음도
너무 안타까워.

길 잃은 나무는 어디에 있는 걸까?
무사히 집으로 돌아왔으면 좋겠다.

조-용-!
다녀올게~
조-용-!
띵동!
조-용-!

모찌야.

가끔 네가 없는 세상을 상상하곤 해.

네가 없는 침대, 네가 없는 현관, 네가 없는 세상은

너~무 허전해서 언니가 많이 외로울 것 같아.

그러니까 지금처럼 언니 옆에 오래오래 있어줘!

언니가 많이 사랑해~

[訃告]

故OOO님께서 별세하셨기에
아래와 같이 부고를 전해드립니다.

상주

O△△, O△□, O△☆

(오늘) 오후 3:41

몇 줄의 소식

친구의 어머니가 돌아가셨다는 연락을 받았어…
놀란 마음이 진정되지를 않아.
나도 이렇게 당황스러운데
내 친구 마음은 지금 어떨까…?

잘 살아야
된데이~
응 알겠어
아부지

진짜 어른이구나

친구의 결혼식.

그리고 부모님.

왜 내가 찡하냐…?

오랜만에 만난 나의 친구.
넌 벌써 네 살 딸아이의 엄마구나…

진짜 어른이 되어버린 친구야!
언제나 너를 응원해!

(내가 첫사랑만 성공했으면 말이야~)

넘어져도 괜찮아 괜찮아!
언니가 부축해줄게!
앗!!!
으앙!!!
WARM

가족이란

길을 걷다 콰당! 하고 넘어지는 아이를 보았어.
옆에 있던 아이의 언니가 당황한 기색을 감추며 말했어.

"넘어져도 괜찮아. 언니가 도와줄게.
잘 일어날 수 있지?"

아픈 듯 무릎을 만지며 일어나는 아이와
옷에 묻은 흙을 탈탈 털어주는 아이의 언니.

조그만 두 아이의 모습에서
어렴풋이 기억하던 가족의 따스함을 오랜만에 느꼈어.

최여사
20XX.X.XX.TUE
엄마...
나 회사 그만뒀어...
잘 했어~
엄마는 우리딸 믿어요♡
고마워 T.T
잘했다고 말해줘서~
고마워...
good bye!

매일 고맙고 미안한 사람

나를 무조건적으로 믿어주는 사람이
곁에 있다는 건
얼마나 고마운 일인지 몰라!

엄마가 말하면 알아 ????
내가 다 알아서 한다니까!!!

괜한 화풀이를 엄마에게 해버렸어.

사실 그렇게까지 화낼 일도 아니었는데 말이야.

좀 이따 엄마가 좋아하는 황도 사서 가야겠다.

아! 사과도 사야지!

OO신문

어느새 희끗해진 머리,

거칠고 까끌한 얼굴,

주름진 손.

너무 작아진 아빠의 뒷모습에서

아빠의 고단했던 세월이 느껴져.

분명 나보다 크고 넓은 어깨를 가진
젊은 아빠였는데…

최인선

지하철에서 손을 잡고 재잘재잘 대화하는 모녀를 보았어.
나도 하늘에 있는 엄마가 생각났지.
그동안 엄마를 많이 잊고 살았던 것 같아.
오늘은 자기 전에 몇 개 없는 엄마 사진을 찾아봐야겠다.

엄마! 많이 많이 보고 싶어요!
사랑해요!

KI신서 9139

어른은 아니고, 서른입니다

1판 1쇄 발행 2020년 10월 5일
1판 2쇄 발행 2021년 2월 15일

지은이 니나킴
펴낸이 김영곤
펴낸곳 ㈜북이십일 21세기북스

책임편집 최유진 디자인 김은영
문학사업본부 이사 신승철 마케팅팀 김익겸 오수미 정유진 김현아
영업본부장 한충희 출판영업팀 김한성 이광호 오서영
제작팀 이영민 권경민

출판등록 2000년 5월 6일 제406-2003-061호
주소 (10881) 경기도 파주시 회동길 201 (문발동)
대표전화 031-955-2100 팩스 031-955-2151 이메일 book21@book21.co.kr

ISBN 978-89-509-8824-1 03810